ÑTRE LE MAL
EUR.

verte qu'on nous

é à de fréquens
à Calais, très-su-
échaut quelquefois
as exclusifs de la
lat la surveillance
avisa un jour de
aise, environ une
avie de bénéficier
, mais ce qui le
, c'est qu'il n'é-
mmodité, quoique
use. Il attribua ce
anti-spasmodique
lella plusieurs fois
consamment le
s personnes l'ont
ten trouvées.

---

priété du Quin-

émèdes, les secrets
productions de la
ertes par le hasard.
nnut la propriété

branches de cet
où elles pouris-

petite verole est le résultat.
raison que les medecins ont
état, état d'incubation; il est
saire à la production de la m
l'incubation d'un œuf à la na
l'oiseau.

Si cet état d'incubation de
verole existe depuis quelque
maladie aura lieu d'une man
lible, soit que l'on vaccine o
ne vaccine pas.

Si au contraire, lorsque l'o
cet état n'est point commenc
ne le soit que depuis très-pe
il ne commence pas, ou mê
second cas, il est eteint par
pement de la vaccine; sans c
rait quelquefois la petite v
tre dix jours après l'insertion
cine, lorsque le bouton vac
parfaitement formé, et il
d'exemple.

On doit donc conclure q
sence d'une épidemie de pe
est un motif de plus pour se
pratiquer la vaccination, c'
fonde à esperer qu'au moyen
lités sans nombre qui exis
effet, l'epidemie variolique s
tement eteinte.

à 60 degrés, sont couvertes
ndant six mois de l'année,
ode d'extraire le sucre, pour-
en être pratiquée. Les vents
stamment vifs, et ils souf-
palement du nord. L'air sec
ui règne dans ces pays froids
ut l'hiver, évapore les par-
es des glaçons de lait, et il
t le sucre sous la forme

du gouvernement
du lac Dazkal et o
suivi la méthode
crire, pour conve
tité de lait en s
hivers qui règnen
Cette méthode
consiste à expose
des vases ou clima
qu'il est parfaite

LES GUERRIERS
ET
LES BELLES,
OU
LES MYRTES D'AMOUR.

A PARIS,
Chez TIGER, Imprimeur-Libraire,
rue du Petit-Pont, n° 10.

LES GUERRIERS
ET
LES BELLES.

Air: *Compagnons du dieu de la guerre.*

Chers enfans du dieu des folies,
Rassemblez-vous sous ses drapeaux;
Partagez ses nobles orgies
Où le plaisir est sans repos;
Chantez la gloire de nos belles,
Chantez celle de nos guerriers;
Vos chansons seront immortelles,
Ainsi que leurs gais chansonniers.

Le plaisir devient monotone,
S'il n'a pas de variété;
Pour les présens d'un bel automne
Troquez ceux que donne l'été;
Si l'automne doit sa parure,
A Bacchus, ce fier vigneron;
Nous devons, suivant Epicure,
Le chanter comme Anacréon.

Entre Bacchus et vos maîtresses,
Amis, profitez des beaux jours;
Bacchus engage les caresses
Que vous destinent les amours.
Si vous avez cent ans à vivre,
De l'Amour partagez les torts,
C'est Bacchus qui doit lui survivre
Pour vous conduire aux sombres bords.

Dans le trajet de votre vie,
Narguez avec front le chagrin,
Adoptez pour philosophie
Celle de sabler le vieux vin;
Peines d'amour donnnent des rides,
Plaisir de boire rajeunit;
L'amour obtient les invalides,
Quand Bacchus est encor conscrit.

LE TROUBADOUR

DU XIXe SIÈCLE.

AIR : *Fidèle ami de notre enfance.*

J'AI fait vœu de chérir les belles,
Comme Français et troubadour ;
J'ai fait aussi le vœu pour elles,
De mourir.... mais mourir d'amour ;
Oui, pour l'amour et pour la gloire,
Je cours la chance des guerriers :
Et je puis, après la victoire,
Me reposer sur mes lauriers.

Je fais la guerre aux infidelles,
En brave chrétien je le dois ;
Mais je suis inconstant près d'elles,
Pour mieux sigoaler mes expoits.
Pour rendre ma gloire complette,
Et digne de nos chevaliers ;
C'est auprès de la plus coquette,
Que j'obtiens le plus de lauriers.

« C'est en vain, me disait Hortense,
Que vous cherchez à me fixer;
Je trouve dans l'indifférence,
Trop de douceur pour m'engager.
A jamais j'ai voué ma haine,
A l'amour, à ses chevaliers;
Quoi qu'en ait dit cette inhumaine,
Je lui dois mes plus beaux lauriers.

Glorieux de tant de prouesses,
Je ne devrais plus desirer;
Pourtant auprès de mes maîtresses
Je voudrais encor soupirer.
Mais mon cœur est la forteresse
Où mes soupirs sont prisonniers,
Et ce cœur par une faiblesse
Craint de ternir tant de lauriers.

Sexe charmant, c'est pour vous plaire,
Que je me suis fait troubadour:
Et si je vous ai fait la guerre,
C'était sous les lois de l'amour.
Je sais trop ce qu'on doit aux belles,
Quoique vainqueur, pour m'oublier;
A l'avenir je veux près d'elles,
Qu'un baiser me valle un laurier.

RENAUD DE MONTAUBAN.

AIR : *Il est un dieu pour les auteurs.*

LANCE en arrêt, casque fermé,
Marchait un des preux de la France,
Tantôt de tendresse enflammé,
Tantôt conduit par la vaillance;
Cousin du paladin Roland,
Toujours cher à plus d'une belle,
Et redouté de l'Infidèle,
C'était Renaud de Montauban.

Alors qu'en un sombre châtel,
Victime de la jalousie,
Sous le joug d'un Argus cruel
Pleurait bachelette jolie;
Pour l'arracher à son tyran,
Un preux venait-il à paraître?
On ne pouvait le méconnaître,
C'était Renaud de Montauban.

Si l'on entendait quelquefois
Parler d'un chevalier volage,
Habile à varier son choix,
A la ville ainsi qu'au village;
Aux jeux d'amour entreprenant,
Ami d'une belle éplorée,
Craint des maris de la contrée,
C'était Renaud de Montauban.

Un jour, dit-on, la jeune Alix
Se promenant sous le feuillage,
Aperçut au fond du taillis
Un chevalier de haut parage.
Il lui parla si galamment,
Qu'il charma la belle timide;
Bientôt après... Ah! le perfide!
C'était Renaud de Montauban.

Oh! le bon tems qu'alors était!
Un paladin fier et sensible
Fillette aimait, Maure battait:
Aux preux français tout est possible.
Un, surtout, plus brave et plus grand,
Né pour l'amour et pour la guerre,
Peuplait et dépeuplait la terre;
C'était Renaud de Montauban.

M. Léon de la Motte.

LA GLOIRE ET L'AMOUR.

AIR *à faire*.

Ah! qu'un vulgaire amant sur les roses s'oublie!
Tibulle s'éveillait pour chanter sa Délie.
Qu'il est doux, qu'il est beau de passer tour à tour
Des bosquets de Vénus au temple de Mémoire!
Quel charme de trouver la Gloire
En sortant des bras de l'Amour.

Non, tu ne mourras pas, ô ma chère Delphire!
Des baisers et des vers unissons le délire;
Des siècles envieux qu'il repousse l'effort;
Qu'un vers tendre, après nous, exhale encor notre âme,
Et coupe d'un sillon de flamme
L'ombre éternelle de la mort.

Feu LE BRUN.

OBJET CHARMANT.

ROMANCE.

AIR : *O Fontenay ! etc.*

OBJET charmant, toi que mon cœur adore,
Ton souvenir me poursuit en tous lieux ;
La nuit, le jour, au lever de l'aurore,
C'est toujours toi que j'ai devant les yeux.

Je me croyais insensible et volage ;
Jamais l'Amour n'avait blessé mon cœur ;
J'ai vu Zélis à la fleur de son âge,
Dans l'avenir j'entrevis le bonheur.

Pourquoi faut-il qu'une éternelle chaîne
M'ôte à jamais tout espoir de bonheur !
Je ne vois plus de remède à ma peine,
Et je ne puis l'arracher de mon cœur.

LE TOMBEAU
D'UN JEUNE GUERRIER.

Air : *Prenez pitié d'un petit malheureux.*

Gloire, patrie, unissez vos douleurs !
Il est tombé, votre ami, votre élève,
Aux bords lointains, sous le tranchant du glaive,
Il est tombé !.... sa cendre attend nos pleurs.

Aux bords chéris où son œil vit le jour,
Muses, l'Amour vous disputait son âme ;
Mais l'honneur parle, il l'entend, il s'enflamme;
L'Honneur l'arrache aux Muses, à l'Amour.

« Je resterais, quand je vous vois partir !
Attendez-moi, je veux, mes nobles frères,
Pour la patrie, aux rives étrangères,
Vaincre avec vous, ou, devant vous, mourir !»

Le Ciel sourit au vœu qu'il a formé :
Dans le carnage, intrépide il s'élance ;
Ses compagnons admirent sa vaillance;
Il est leur chef, la Gloire l'a nommé;

Les ennemis, sous ses coups dispersés,
Paraient son front d'une palme nouvelle;
Il est frappé, son noble sang ruisselle....
Il crie : « Amis ! ce n'est rien, avancez ! »

D'amour, de peine, ô mélange confus !
Son cœur revole aux champs qui l'ont vu naître
Vers des parens qui l'appellent peut-être,
Vers la beauté qu'il ne reverra plus.

Disparaissez, tristes et chers tableaux!
Son dernier souffle appartient à la gloire :
L'ennemi fuit ; au sein de la victoire,
Son œil s'endort du sommeil des héros.

Gloire, patrie, unissez vos douleurs!
Il est tombé, votre ami, votre élève :
Aux bords lointains, sous le tranchant du glaive,
Il est tombé.... sa cendre attend nos pleurs.

M. Eusèbe Salverte.

LE SECRET DES DAMES.

IR : *Il est un dieu pour les auteurs.*

MESSIEURS, vous êtes curieux,
Ne faudrait-il pas tout vous dire ?
Vous voulez lire dans nos yeux,
Dans notre cœur vous voulez lire.
Vous avez un grand intérêt
A savoir, pour guider le vôtre,
Ce qui se passe dans le nôtre :
Messieurs, c'est là notre secret.

Lorsqu'un amant rempli d'ardeur
A nos charmes vient rendre hommage,
Loin de montrer de la froideur,
Notre indulgence l'encourage.
Par son ton, par son air discret,
Notre âme paraît attendrie,
Est-ce amour ou coquetterie ?
Messieurs, c'est là notre secret.

Quand vous employez près de nous
Le langage de l'amour même,
Je vous aime, nous dites-vous,
Et nous répétons : je vous aime.
Comme un serment est bientôt fait,
Nous vous jurons d'aimer sans cesse ;
Mais tiendrons-nous notre promesse ?
Messieurs, c'est là notre secret.

Fixer votre légèreté,
Vous guérir de l'indifférence,
Vous ravir votre liberté,
Et garder notre indépendance ;
Toujours, par un nouvel attrait,
Conserver d'anciennes conquêtes,
Et d'un coup d'œil tourner vingt têtes,
Messieurs, c'est là notre secret.

M. Joseph.

MES MANIERES DE VOIR.

CHANSON.

AIR: *Ça n' se peut pas.*

JOYEUX chansonniers de Cancale,
Que j'aime les couplets grivois
Que votre Muse originale
Enfante gaîment tous les mois!
Vos vers malins où la saillie
Comme un éclair toujours brilla,
En les chantant chacun s'écrie:
Esprit est là.

Vive autant que belle, naguère
Lise à la gaîté se livrait,
Et Lise, aujourd'hui solitaire,
Semble souffrir d'un mal secret.
De la tristesse le délire
Jusqu'à ce point jamais n'alla . . .
Lise gémit? Lise soupire?
Amour est là.

A Paris où chacun le fronde,
Se parant de titres bien fiers,
Mondor veut en vain dans le monde
En imposer par de grands airs.
C'est justement qu'on le suspecte;
Messieurs, croyez-moi sur cela;
Malgré la hauteur qu'il affecte,
Bassesse est là.

Jamais le temple de Mémoire
N'offrit de faciles accès:
Plus d'un auteur marche à la gloire,
A travers le bruit des sifflets.
Vous qu'un malin propos attriste,
Qui vous alarmez des holà!
Méfiez-vous d'un journaliste,
Malice est là.

Des grandeurs l'image importune,
Ni l'or ne m'ont jamais tenté:
Rarement l'aveugle fortune
Procure la félicité.
Du froid séjour de l'opulence
Toujours la gaîté s'exila:
Repos du cœur, modeste aisance,
Bonheur est là.

En butte aux poisons de l'envie,
Persécuté par les méchans,
Le sage souvent dans la vie
Eprouve des chagrins cuisans;
L'aspect de la mort au front blême,
Vivant, jamais ne l'ébranla :
Mourant, il se dit à lui-même :
Repos est là.

AUGUSTE MOUFLE.

LES VINS.

AIR : *Dans nos bosquets, l'aimable violette.*
(De M. Guillaume.)

Nous servons, adroits politiques,
Vins frelatés aux fourbes et flatteurs;
Vins amers à nos vieux critiques,
Et vins mousseux à nos jeunes auteurs;
Vins sucrés à l'adolescence;
Vins de Grave aux sages du jour;
A l'amitié, vins de Constance,
Vins de paille à l'amour.

MON CARACTÈRE.

Air : *La boulangère a des écus.*

Vous voulez savoir, mon voisin,
Quel est mon caractère ?
J'aime les femmes et le vin,
Le jeu, la bonne chère ;
J'aime à chanter soir et matin,
Tout en vidant mon verre,
Un refrain :
Voilà mon caractère.

En bokey je mène Catin
Au galop, à Cythère;
L'Amour, petit jokey malin,
Se cramponne derrière.
Me blâme-t-on d'aller grand train?
J'ai six postes à faire
En chemin:
Voilà mon caractère.

J'ai déjà mangé le frusquin
Que m'a légué mon père,
L'héritage d'un vieux cousin,
Les rentes de ma mère;
A présent, d'un oncle germain
Je liquide la terre
En bon vin:
Voilà mon caractère.

Nargue du grec et du latin,
De Virgile et d'Homère,
Je vaux, le cornet à la main,
L'Académie entière.
Au lieu de prendre un vieux bouquin,
Je prends pour mon bréviaire
Un sixain:
Voilà mon caractère.

La bobine est-elle à sa fin?
Que fait la filandière?
Est-ce de la laine ou du lin?
Ce n'est pas mon affaire.
Moi, je m'en rapporte au Destin,
Et je ne songe guère
A demain:
Voilà mon caractère.

Le bonheur, que l'on cherche au loin,
N'est qu'une bille à faire ;
Je bloque la bille au grand coin,
Je bloque ma bergère,
En attendant qu'un médecin
Me bloque au cimetière
Voisin :
Voilà mon caractère.

Ecrit sous la dictée de M. Philibert cadet,
par le chevalier COUPÉ DE ST.-DONAT.

QUATRAIN.

DOUCE amitié, sous votre empire,
Le ciel a fixé le bonheur :
Vous êtes la raison du cœur,
L'amour n'en est que le délire.

VAUCLUSE.

ROMANCE.

AIR *à faire.*

Je l'ai vu, ce vallon sacré,
Séjour de Pétrarque et de Laure;
Lieu célèbre et tant célébré,
Où notre cœur jouit encore,
Quand les yeux ont tout admiré;
L'air parfumé qu'on y respire
Est le souffle de deux amans;
Et l'arbre qu'agitent les vents
Imite les sons de la lyre.

Par quel prestige séducteur,
Vaucluse, fais-tu, dans notre âme,
Passer une amoureuse ardeur?
A ton aspect l'amant s'enflamme,
L'homme insensible trouve un cœur.
Tout ici, tout parle de Laure;
Tout la rappelle aux sens émus:
Pétrarque n'y respire plus,
Mais son amour y vit encore.

Vous qui recherchez les faveurs
D'une maîtresse ou d'une Muse,
Venez sur ces bords enchanteurs :
Myrte d'amour croît à Vaucluse
Auprès du laurier des neuf Sœurs.
Pour moi, quand j'aurai douce amie,
Je veux finir mes heureux jours
Dans ce lieu chéri des amours
Et consacré par le génie.

M. VICTOR AUGIER.

L'IVRESSE.

AIR : *Réveillez-vous, etc.*

A chaque page de son livre,
Dans le moindre petit quatrain,
Paul dit que d'amour il s'enivre ;
Il s'enivre, soit ; mais de vin.

A MYRTHÉ.

AIR : *Le connais-tu, ma chère Éléonore ?*

DEPUIS long-tems pour vous brûle mon âme ;
Vous avez pu le lire dans mes yeux ;
Et cependant vous dédaignez ma flamme ;
Vous recherchez des fers plus glorieux !

Je sais, Myrthé, jusqu'où va ma folie :
Je n'ai point d'or, et j'ose vous aimer !
Mais j'ai des yeux qui vous trouvent jolie,
Ainsi qu'un cœur qui se laisse charmer.

Pourtant ce charme, ainsi qu'une fumée,
Va disparaître et finir à jamais ;
Vous passerez, sans que la renommée
Signale un jour ni chante vos attraits.

Et moi, Myrthé, moi que votre œil méprise,
Je puis peut-être illustrer la beauté :
On voit souvent qu'un vers immortalise
L'objet chéri que l'amour a chanté.

On cite encor le doux nom de Délie,
Par son amant célébré tant de fois ;
On le répète, et bientôt on oublie
Le nom fameux des maîtresses des rois.

M. LEDUC.

L'AMITIÉ.

AIR : *Daigne écouter l'amant fidèle et tendre.*

TENDRES amans, troupe aimable et légère,
Vos courts plaisirs sont voisins des douleurs ;
Mais Amitié, du fol Amour son frère
A le sourire, et n'a jamais les pleurs.
Eclat moins vif peut-être la décore,
Mais nul pouvoir n'altère sa couleur ;
Au doux printems elle survit encore :
Elle est le fruit dont l'amour est la fleur.

Feu MILLEVOYE.

L'AMANTE DU MÉNESTREL.

ROMANCE.

AIR à *faire*.

« Auprès de celle qu'il adore,
Ce jeune et vaillant troubadour,
Jà devrait être de retour ;
Et ne l'aperçois pas encore !
Ah ! pour un cœur tendre et constant,
L'absence est un cruel tourment ! »

Ainsi, dans la haute tourelle
Du castel de ses bons aïeux,
S'exprimait les larmes aux yeux
Une gentille jouvencelle.
Las ! belle au cœur tendre et constant,
Pense toujours à son amant !

Lors vers ce lieu quelqu'un s'avance....
Est-ce le noble chevalier ?....

Non.... c'est son fidèle écuyer....
Un crêpe est autour de sa lance....
Ah! pour ton cœur tendre et constant,
Pauvre Gertrude, quel tourment !

Elle apprend qu'aux champs de Syrie
Mirval a reçu coup mortel.
— Vais te rejoindre, ô ménestrel,
Dit Gertrude en quittant la vie.
Las! belle au cœur tendre et constant,
Ne survit pas à son amant.

M. JOSEPH DOURILLE (DE CREST.)

LE CHANT DU BARDE

SUR LE TOMBEAU DU TREMNOR.

ROMANCE.

AIR *à faire.*

CHANTONS, chantons la mémoire du brave,
Il aima mieux périr que d'être esclave !

Fils d'Ossian, saisis ta harpe d'or,
A mes accens unis ton harmonie ;
Je redirai les destins de Tremnor,
De ce héros l'orgueil de la patrie !
L'astre des nuits de son pâle flambeau
Jette sur nous l'incertaine lumière ;
Viens, viens, suis-moi près de la froide pierre
Qui de Tremnor recouvre le tombeau.

Chantons, chantons la mémoire du brave,
Il aima mieux périr que d'être esclave !

Qu'il était beau de vaillance et d'espoir,
Quand il partit pour vaincre le parjure!
Nous venger tous c'était là son devoir,
Il le savait, il sentait notre injure!
Ainsi qu'on voit sur l'autour ravisseur
Fondre cent fois l'aigle fier et rapide;
Ainsi cent fois dans le cœur de Dermide,
Son fer plongé nous servit de vengeur!

Chantons, chantons la mémoire du brave,
Il aima mieux périr que d'être esclave!

Mais, ô terreur! au milieu des combats
Quand il ceignait la palme de la gloire,
Le sort affreux vient arrêter son bras;
Il est tombé le fils de la victoire!
Chez l'ennemi qui cause son courroux,
Il eût pu vivre en souffrant l'esclavage;
Mais il s'indigne.... il lutte avec courage,
Et meurt enfin percé de mille coups!

Chantons, chantons la mémoire du brave,
Il aima mieux périr que d'être esclave!

Depuis ce jour, celle qui de l'hymen
Avec Tremnor avait connu les charmes,

A déserté les palais de Morven,
Et vient couvrir ce tombeau de ses larmes !
Depuis ce jour sur les ailes des vents,
Quand sur ces lieux arrive la nuit sombre,
Du grand Tremnor on voit paraître l'ombre,
Et l'on entend murmurer ces accens :

Chantez, chantez en mémoire du brave,
Il aima mieux périr que d'être esclave !

M. P. Hédouin.

ÉPIGRAMME.

Dorilas qui d'Eglé se joue,
Prétend qu'elle est si laide à voir,
Qu'en se regardant au miroir
Elle se fait toujours la moue.

ROMANCE.

Air : O Fontenay, qu'embellissent les roses !

Ah ! cache-moi ta grâce enchanteresse
Et les transports de ta douce amitié ;
D'un pur amour je sais goûter l'ivresse,
Mais je suis pauvre et dois être oublié.

A ma douleur pourquoi mêler la tienne ?
Pourquoi forcer mon cœur à te chérir ?
Vers toi déjà trop de penchant m'entraîne ;
Mais je suis pauvre, hélas ! je dois te fuir.

Le monde, épris des dons de la fortune,
T'a dit que l'or donnait seul le bonheur ;
Va, sacrifie à cette erreur commune :
Moi, je suis pauvre, et je n'ai que mon cœur.

Il m'en souvient, à ma première amie,
Plein d'un espoir qui m'a trop abusé,
J'osai jurer de consacrer ma vie ;
Mais j'étais pauvre, et je fus méprisé.

M. Louis Michaux.

COUPLETS

CHANTÉS A LA CAMPAGNE, LE JOUR DE S. FRANÇOIS, PATRON DE MON FRÈRE.

AIR : *Avec vous sous le même toit.*

DANS mes vers j'ai fêté souvent
Plus d'un saint à mine sévère,
Qui ne buvait, de son vivant,
Faute de mieux, que de l'eau claire;
Mais aujourd'hui, sur le hautbois,
A défaut de harpe ou de lyre,
Je vais célébrer un François
Qui sait aimer, chanter et rire.

Amis, permettez qu'en ce jour,
Au plus cher, au meilleur des frères,
J'adresse, en cet heureux séjour,
Des vœux purs autant que sincères.
Pourquoi ne chanterais-je pas
Ce luron que chacun admire,
Puisqu'ami des vins délicats,
Il sait aimer, chanter et rire?

L'amour, la table et la gaîté
Font tout le charme de sa vie;
Il a mis sa félicité
Dans le plaisir, dans la folie.
Ici-bas tout est pour le mieux,
Si j'en crois le dieu qui l'inspire:
Honneur au convive joyeux
Qui sait aimer, chanter et rire!

Devant vous j'ose l'affirmer,
L'ambition n'est point son vice;
Son âme, faite pour aimer,
N'a jamais connu l'avarice,
De la bonté, de la douceur.
Il a toujours suivi l'empire:
Vive à jamais le franc buveur
Qui sait aimer, chanter et rire!

M. AUGUSTE MOUFLE.

LE BAVARDAGE.

Air *de la parole.*

L'homme accuse un sexe charmant
D'un trop facile bavardage:
C'est qu'en secret le médisant
Est jaloux de cet avantage.
Hélas! souvent nous restons courts
Sur certain point qui nous désole;
Et dans l'empire des amours,
Discourant les nuits et les jours,
La femme a toujours (*bis*) la parole (*bis.*)

A sa jeune épouse, Varus,
Pédant d'humeur fâcheuse et triste,
Vainement de ses mots en *us*
Le matin débite la liste.
Lise garde sur cet objet
Un silence qui le désole;
Mais le soir, quand elle voudrait
Traiter un plus joli sujet,
C'est lui qui n'a plus (*bis*) la parole (*bis.*)

D'un tel forfait, jeunes époux,
Ne vous montrez jamais capables :
Femme sait trop bien, parmi nous,
Punir des maris si coupables.
Ne faites donc rien à moitié :
Ailleurs point de discours frivoles;
Mais en amour, en amitié,
Surtout près de votre moitié,
Ne ménagez pas (*bis.*) les paroles (*bis.*)

Je sais qu'il vient un doux moment
Où, d'une verbeuse abondance,
Occupé plus utilement,
L'Amour aisément vous dispense.
Alors un soupir éloquent
En dit plus que cent mots frivoles;
Et l'amour, dans certain instant,
Unit deux bouches, et pourtant
N'assemblerait pas (*bis*) deux paroles (*b.*)

M. OURRY.

LISE,
OU
LE PETIT ROMAN.

Air *du partage de la richesse.*

Sous une paupière innocente
Elle cachait un œil malin ;
Elle était lascive et décente :
Son esprit était simple et fin.
Toujours maîtresse de sa tête,
Caressant ou piquant le goût ;
Avec adresse elle était bête ;
Elle était vierge et savait tout.

Le doux aveu, le *je vous aime*,
Bien sagement fut reculé ;
Le délire du baiser même
Par la raison fut calculé.
Quand elle m'eut tourné la tête,
Croyant encor mieux m'attacher,
Elle feignit d'être plus bête :
Moi je l'étais sans y tâcher.

La biche, dont l'essor rapide
De l'Indien trompe les traits,
Moins agile que Zénéide,
Perce les riantes forêts.
Colombe, que d'une voix tendre
Athala naguère enchantait,
Ecoute... tu croirais l'entendre,
Si ma Zénéide chantait.

Souvent de sa gaîté naïve,
Dès l'aube elle instruit les échos;
Et, le soir, quelquefois pensive,
De sa flamme entretient les flots.
Athala fit couler des larmes,
Zénéide attendrit les cœurs;
De son modèle elle a les charmes,
Mais qu'elle n'ait point ses malheurs!

Parons l'asile solitaire
Où j'entends soupirer Chactas,
Et voilons l'urne funéraire
Qu'il presse encore entre ses bras:
Pour une Athala fortunée,
Tendres Amours, quittez le deuil;
Et vous, en autel d'hyménée,
Plaisirs, transformez le cercueil.

M. le chevalier du Puy des Islets.

AUX AMIS DE LA TABLE.

AIR: *Vaudeville des Deux Edmond.*

Amis de la gastronomie,
Quand, au banquet de la folie,
Vous vous trouverez invités,
Dînez, dînez; (*bis.*)
Mais lorsque la mélancolie,
Et la froide cérémonie,
Viendront s'inviter du repas,
Amis, ne dînez pas. (*bis.*)

Lorsqu'un bon vivant vous éclaire,
Dans l'art de faire bonne chère,
Avec lui si vous m'en croyez,
Dînez, dînez;
Mais s'il survient quelques sophistes,
Du plaisir vrais antagonistes,
De ces gens qu'on n'attendait pas,
Amis, ne dînez pas.

Pour faire un repas agréable,
Il faut y trouver femme aimable,
Et partout où vous l'y trouvez,
Dînez, dînez;
Si des circonstances fâcheuses,
Y conduisent ces précieuses,
Qui vantent partout leurs appas,
Amis, ne dînez pas.

Chez l'ami qui croit que c'est fête,
Pour lui surtout lorsqu'il vous traite,
Qui vous sert des vins recherchés,
Dînez, dînez;
Mais chez celui qui fait l'aimable,
Et qui voudrait vous voir au diable,
Tout en vous offrant son repas,
Amis, ne dînez pas.

Où vous trouverez en goguette,
Des amis de la chansonnette,
Par le plaisir seul amenés,
Dînez, dînez;
Mais où l'on parlera d'affaires,
Et de politique et de guerres,
Ou des maux qu'on souffre ici bas,
Amis, ne dînez pas.

Partout où, pour vins d'ordinaire,
On sert du Bordeaux, du Tonnerre,
Et tant d'autres vins estimés,
Dînez, dînez;
Si pour engager la saillie,
On sert du Surène ou du Brie,
De ces vins qui n'inspirent pas,
Amis, ne dînez pas.

COUPLETS A PLACIDE.

AIR: *Femmes, voulez-vous éprouver?*

PEUT-IL exister un objet
Près duquel un doux charme entraîne,
Qui de séduire ait le secret,
Et dont l'âme n'en soit point vaine.
Eclairons-nous du sentiment,
Qu'à nos recherches il préside:
Qu'il dicte, et la plume à l'instant
Tracera le nom de Placide.

Où trouver dans une beauté
Cette ravissante harmonie,

De la raison, de la gaîté,
De la grâce aux talens unie;
Cet esprit fin et délicat,
Dont le goût est l'aimable guide?
De tous ces dons, le vif éclat,
Je le vois briller en Placide.

De quelle femme votre cœur
Garde-t-il à jamais l'image?
Nommez celle dont la douceur
Sans cesse attache davantage;
Chez qui la constante amitié
Près de l'amour même réside,
Et qu'on n'aime pas à moitié :
Vous nommerez encor Placide.

Quelle est celle qui, sans apprêt,
D'être utile fait ses délices;
Qui, par la grâce qu'elle y met,
Donne tant de prix aux services?
Ah! c'est celle qui, d'un lien,
Toujours plus tendre et plus solide,
A son cœur enchaîne le mien :
C'est enfin, c'est toujours Placide.

J. D.

LES LARMES.

ROMANCE.

AIR : *C'est par les yeux que tout s'exprime.*

VIENS soupirer une élégie
A l'ombre des tristes cyprès.
Chantons, ô ma lyre chérie,
Les pleurs, leur charme et leurs bienfaits.
L'amant, de celle qu'il adore
Obtient tout avec un soupir.
C'est une larme de l'Aurore
Qui livre la rose au zéphir.

Qu'une belle en pleurs a de charmes !
Qu'il est doux de la consoler !
Heureuse qui verse des larmes !
Plus heureux qui les fait couler !
Si les grelots de la Folie
Endorment par fois la douleur,
Filles de la Mélancolie,
C'est de vous que naît le bonheur!

De l'amour la tendre victime
Dans les larmes éteint ses feux.
Le malheureux que l'on opprime;
Quand il pleure est moins malheureux.
Les pleurs dissipent les alarmes;
Vois le ciel naguère obscurci;
La nue a répandu ses larmes,
Et l'horizon s'est éclairci.

M. Victor Augier.

ÉPIGRAMME.

Air : *Réveillez-vous, belle endormie.*

Ci-gît un vieux atrabilaire:
Après l'avoir fait enterrer,
Sa veuve, n'ayant rien à faire,
Prit le parti de le pleurer.

SI J'ÉTAIS PETIT OISEAU.

AIR : *Il faut que l'on file, file, file.*

Moi qui, même auprès des belles,
Voudrais vivre en passager,
Que je porte envie aux ailes
De l'oiseau vif et léger!
Combien d'espace il visite!
A voltiger tout l'invite :
L'air est doux, le ciel est beau.
Je volerais vite, vite, vite,
Si j'étais petit oiseau!

C'est alors que Philomèle
M'enseignant ses plus doux sons,
J'irais de la pastourelle
Accompagner les chansons;
Puis j'irais charmer l'ermite
Qui, sans vendre l'eau bénite,
Donne au pauvre son manteau,
Je volerais vite, vite, vite,
Si j'étais petit oiseau.

Puis j'irais sur les tourelles
Où sont de pauvres captifs,
En leur cachant bien mes ailes,
Former des accords plaintifs.
L'un sourit à ma visite,
L'autre rêve, dans son gîte,
Aux champs où fut son berceau.
Je volerais vite, vite, vite,
Si j'étais petit oiseau.

Puis, voulant rendre sensible
Un roi qui fuirait l'ennui,
Sur un olivier paisible
J'irais chanter près de lui.
Puis j'irais jusqu'où s'abrite
Quelque famille proscrite,
Porter de l'arbre un rameau;
Je volerais vite, vite, vite,
Si j'étais petit oiseau.

Puis, jusques où naît l'aurore,
Vous, méchans, je vous fuirais,
A moins que l'Amour encore
Ne me surprît dans ses rêts;

Que, sur un sein qu'il agite,
Ce chasseur, que nul n'évite,
Me dresse un piège nouveau :
J'y volerais vite, vite, vite,
Si j'étais petit oiseau.

M. P. J. de Bérenger.

AVIS AUX BELLES.

Air : *Traitant l'Amour sans pitié.*

Pour flambeau ne prenez pas
Celui du Dieu de Cythère ;
A sa lueur mensongère
On risque plus d'un faux pas.
Le plus mauvais guide en route
Est l'amant que l'on écoute ;
Sur les dangers qu'on redoute
Il cherche à vous rassurer ;
Mais l'ardeur dont il pétille
Est auprès de jeune fille
Le feu-follet qui ne brille
Que pour mieux nous égarer.

LE PARJURE.

ODE ANACRÉONTIQUE.

A DÉLIE.

T'EN souvient-il? quand tu m'étais fidèle,
Tu me disais : « au céleste séjour,
« Je t'aimerai si l'âme est immortelle ;
« Car je le sens, mon âme est mon amour. »

Tu le disais, et ta bouche naïve
D'un doux baiser scella ce doux aveu.
Même en perdant ta lèvre fugitive,
De ce baiser je conservai le feu.

Tu le disais, et ta main languissante,
En le disant, venait chercher ma main,
Et dès ce jour ta rougeur innocente
Sembla promettre un plus doux lendemain.

Le jour d'après, amant plus idolâtre,
M'applaudissant de ton timide effroi,
Ma main furtive interrogea l'albâtre
Du sein brûlant qui palpitait pour moi.

Ton cœur enfin, ô ma chère Délie,
M'abandonna cette fleur de plaisir
Que la nature à la pudeur confie,
Et qui s'effeuille au souffle du désir.

Dans ces momens qui te rendaient plus belle;
Tu redisais : « au céleste séjour
« Je t'aimerai si l'âme est immortelle;
« Car je le sens, mon âme est mon amour. »

Quel changement! la nature sans vie
A dépouillé ses prestiges heureux,
Et de l'oubli la main légère essuie
Les derniers pleurs qui restent dans tes yeux.

C'en est donc fait! ta main brise tes chaînes!
Ce nom d'amant si cher à tes désirs,
Ce nom qui fit ton ivresse et tes peines,
N'est plus le nom qu'exhalent tes soupirs!

Lorsqu'au milieu d'un cercle qui t'appelle,
De Gnide encor tu modules les airs,
Ta voix s'égare, et ta harpe infidelle
Des voluptés a perdu les concerts.

Tes yeux cruels, plus muets que ta bouche
Et dont cent fois je hâtai le réveil,
Sans me chercher, se ferment sur la couche
Que le plaisir disputait au sommeil.

Et moi j'expire à l'aube de mon âge,
Pareil, hélas! dans mon triste abandon,
Au rayon pur qui, voilé par l'orage,
Palit et meurt sur la fleur du vallon.

Et cependant, quand tu m'étais fidelle,
Tu me disais : « au céleste séjour
« Je t'aimerai, si l'âme est immortelle;
« Car je le sens, mon âme est mon amour. »

DORANGE.

L'HOMME QUI ENNUIE,

ET

L'HOMME QUI S'ENNUIE.

CAVATINE DIALOGUÉE.

AIR : *Gaîment je m'accommode — de tout.*

LE très-bavard compère
Martin,
M'aborde avec mystère :
« Voisin,
Je suis, et j'en fais gloire,
Gascon,
Ecoutez mon histoire....
— C'est bon.

« Autrefois, je vous jure,
Partout
On vantait ma tournure,
Mon goût.

Près du sexe avec grace
Fripon,
J'étais un Lovelace... »
— C'est bon.

— Mais chacun, dans ce monde,
Son tour;
Je vis avec Raymonde,
L'amour;
Gentil minois, corsag
Mignon;
On la disait fort sage...
— C'est bon.

— « Allez, dit un vicaire,
Ego,
Vos, ma sœur et mon frère,
Jungo!...
J'eus de sa main jolie
Le don;
Au nid je crus la pie....
— C'est bon!

« — Trois mois après la noce,
Pour dot,

Elle m'offre un précoce
Marmot.
« Tiens, baise notre aimable
Poupon!
Moi, je me donne au diable...
— C'est bon.

« Raymonde avec un drille,
La nuit;
Me laissant sa famille,
S'enfuit.
Et moi, sur cet infâme
Faux-bond,
Voisin, j'ai fait un drame...
— C'est bon!

— Je croyais d'un beau zèle
Epris,
Que *la Femme infidèle*
Eût pris.
Mais j'ai de toute espèce
Guignon,
On a sifflé ma pièce,
— C'est bon.

— Mais je vous romps la tête,
Mon dieu!

Le cœur de ma meilleure amie
Ne battra plus contre mon cœur.
C'en est fait, je sors d'un long rêve;
Mais il était délicieux.
Pourquoi commença-t-il ? ô dieux !
Ou pourquoi faut-il qu'il s'achève ?

M. Louis Michaux.

LA TOILETTE DES DAMES.

Air : *J'ai vu partout dans mes voyages.*

Jadis un peu de retenue
Accompagnait encor l'amour ;
Si la beauté se montrait nue,
Du moins ce n'était pas au jour.
Maintenant l'art de la toilette
Consiste à nous laisser tout voir.
L'amant y perd : car la coquette
Ne réserve rien pour le soir.

CHANSONNETTE.

Air: *O ma tendre musette!*

Quand le jeune Sylvandre
M'exprime ses tourmens,
Je ne veux pas l'entendre,
Cependant je l'entends;
Mon âme est attendrie,
Serait-ce de l'amour :
Non, je suis son amie,
Mais n'est pas mon pastour.

L'autre jour sur l'herbette
Il m'offrit une fleur,
Me disant, bergerette,
Accorde-moi ton cœur;
Je répondis, Sylvandre,
Je ne veux pas aimer,
Je consens à t'entendre
Mais point à m'enflammer.

Ah ! l'amour ne présente
Qu'un bonheur passager ;
Mon âme indifférente
Ne veut pas s'exposer ;
Et plus ce dieu perfide
Paraîtra m'inviter,
Plus mon cœur trop timide
Craindra de s'enflammer.

INVOCATION A BACCHUS.

Air : *Vénus défend de boire.*

Amis, toujours j'entonne,
Dans un joyeux couplet,
Les plaisirs de la tonne
Et ceux du cabaret ;
Chanter Bacchus est un délire,
Il faut le célébrer en chœur :
Dieu des vers, ah ! monte ma lyre
Pour chanter le dieu d'un buveur.

Pour moi, c'est une ivresse
De le fêter partout ;

Le vin et ma maîtresse
Sont parbleu de mon goût.
Nargue des soucis, des alarmes,
Et par des flons-flons entonnons
Que pour nous Bacchus a des charmes,
Que toujours nous le chanterons.

Quand je tiens ma bouteille,
Je suis plus que les rois:
La liqueur est vermeille,
Surtout lorsque je bois;
Bacchus! oui, c'est toi qui m'inspire,
Reçois mon hommage et mes vœux;
Il faut le chanter en délire,
Car lui seul peut nous rendre heureux.

LES REGRETS

D'UN VIEUX MARI A SA FEMME, QUI EST JEUNE.

AIR : *On doit soixante mille francs.*

JE n'avais pas encor vingt ans,
J'étais le plus fier des amans,
Tout allait à merveille ;
Mais aujourd'hui que je suis vieux,
Le bon Petro n'est curieux
Que du jus de la treille. (*bis.*)

Quoique sous mon toît chaque jour
S'offre un objet digne d'amour,
Rien chez moi ne s'éveille ;
A mon âge on est sans désir,
Et quand il m'échappe un soupir,
C'est pour une bouteille. (*bis.*)

LE RETOUR AUX CHAMPS.

ROMANCE.

Oh ! que sous cet épais feuillage,
Au pied de ce riant village,
J'ai coulé de fortunés jours !
Que j'aime à revoir ces prairies,
Où, sur les pelouses fleuries,
J'allais rêver à mes amours !

Des doux plaisirs de mon enfance,
Des jeux de mon adolescence,
Le tems a dissipé l'erreur ;
Et le dieu jaloux qui m'enflamme
A fait payer cher à mon âme
Ces premiers momens de bonheur.

Mais je veux oublier mes peines;
Je veux enfin briser les chaînes
Où mon cœur a gémi long-tems :
Riche de mon expérience,

Que désormais l'indépendance
Embellisse tous mes instans!

Revenez, heureuses chimères,
Illusions trop éphémères,
Revenez me sourire encor!
J'ai besoin d'un bonheur tranquille :
Auprès de moi, dans cet asile,
Fixez pour jamais votre essor!

M. Auguste Moufle.

QUATRAIN.

J'estime moins cinquante Achilles
Triomphant pour un Ménélas,
Qu'un soldat de Léonidas
Mourant pour Sparte aux Thermopyles.

L'ESPRIT NATIONAL.

CHANSON

Extraite du n° 2 des *Lettres parisiennes*.

AIR : *J'ai vu le Parnasse des Dames*.

CHACUN nous vante l'Angleterre ;
Mais que vois-je dans ce pays ?
Des élections à l'enchère,
Et des parlemens désunis ;
Boxer, fumer, boire, se vendre ;
Puis, un jour, pour dernier régal,
Se casser la tête ou se pendre !....
Voilà l'esprit national.

Toujours galant, jamais fidèle,
Aussi léger que le zéphir,
Le Français va de belle en belle
Et court de plaisir en plaisir.

Quand sa maîtresse, un peu frivole,
L'abandonne pour un rival,
Avec une autre il se console!...
Voilà l'esprit national.

De nos grands auteurs, les ouvrages
Chez vingt peuples étaient traduits;
Et je l'avoûrai, de ces sages,
Nous lisons trop peu les écrits.
Mais dès qu'un pédant dans sa chaire,
Les voue au manoir infernal,
Nous achetons Rousseau, Voltaire,
Voilà l'esprit national.

Sous les étendards de Bellonne,
Voyez tous nos jeunes guerriers;
Tranquilles lorsque l'airain tonne,
D'avance ils comptent leurs lauriers.
Ces hommes, avides de gloire,
Même en un combat inégal,
En chantant vont à la victoire:
Voilà l'esprit national.

Quand Mars, comblant notre espérance,
Fait triompher nos bataillons;

Dès qu'on l'apprend, toute la France
Retentit du bruit des chansons.
Si la victoire qu'on implore
Nous trahit par un sort fatal,
Pour s'étourdir on chante encore :
Voilà l'esprit national.

M. Frédéric.

A MADEMOISELLE D***.

Air : *Dans un bois solitaire et sombre.*

Loin du monde qui vous honore
Et se plaint de ne vous voir plus,
Cacherez-vous long-tems encore
Et vos charmes et vos vertus ?

N'écoutant que la modestie,
Sûre de plaire, vous fuyez ;
Mais pensez-vous qu'on vous oublie,
Parce que vous nous oubliez.

En vain de cette solitude,
Vous nous défendez d'approcher;
Conduits par la douce habitude,
Tous les cœurs iront vous chercher.

Telle à sa retraite attachée,
Sous l'abri d'un feuillage épais,
La violette humble et cachée
Fait l'ornement de nos bosquets.

Timide, à l'éclat qui l'appelle,
Elle veut dérober sa fleur,
Mais elle-même se décèle,
On la devine à son odeur.

M. DE CAZENOVE.

LES DIFFÉRENCES.

AIR : *Un homme, pour faire un tableau.*

POUPIN me dit d'un ton railleur :
Mon cher, quel habit est le vôtre ?
Qui vous l'a fait ? — C'est un tailleur,
N'est-il pas fait tout comme un autre?
— Ah ! fi donc ; cela prend-il bien,
Les formes, la taille et les hanches.
Tenez, considérez le mien,
C'est une autre paire de manches.

L'aimable et prudente Lison,
Fuit en tout le sage système.
De juger par comparaison,
Et de comparer elle-même.
Que je hais, dit-elle, Carlos!
Il n'a point les allures franches;
Mais parlez-moi de Vitulos,
C'est une autre paire de manches!

Vénus en atours auprès d'elle
　　N'était pas si belle.
　　A ce parallèle,
Pour moi Thémire s'attendrit,
V'là c' que c'est qu' d'avoir d' l'esprit.

Auprès d'elle tout me charmait,
Et loin de moi tout l'ennuyait ;
Pour nous c'était plaisir extrême
　　De dire : je t'aime,
　　Tu m'aimes de même ;
Et cela nous rendait heureux,
V'là c' que c'est qu' d'être amoureux.

Mais les plus fidèles amours
Ne peuvent pas durer toujours ;
Au bout de quelques mois la belle
　　Devint infidelle,
　　Je fis tout comme elle,
Chacun oublia ses sermens :
V'là c' que c'est que les amans.

M. Routier.

L'AMANT TRAHI.

Je fus heureux aux jours de ma jeunesse,
De l'amitié je goûtais les plaisirs,
Quand, libre encor d'impétueux désirs;
Je rougissais au nom seul de tendresse;
Mais dès qu'amour fit palpiter mon cœur,
Comme un éclair je vis fuir le bonheur.

J'aimais Cloris, je crus être aimé d'elle:
L'erreur toujours aveugle les amans;
Car, en dépit de tous ses vains sermens,
J'appris bientôt qu'elle était infidelle:
Craignez l'amour, fermez-lui votre cœur,
Si vous voulez conserver le bonheur.

Plus que Psyché, Cloris était jolie:
Rose naissante est moins fraîche au printems;
Mais sous des traits si doux et si touchans,
Elle cachait noirceur et perfidie.
Las! aux amans, l'Amour, ce dieu trompeur,
Ne promet point un éternel bonheur.

Depuis le jour où, trahissant ma flamme,
Loin du vallon cette parjure a fui,
Triste, plaintif et languissant d'ennui,
Douleur amère a consumé mon âme.
Lorsqu'à l'amour on a livré son cœur
On ne doit plus aspirer au bonheur.

Bienfait du ciel, paisible indifférence,
Sur tous mes sens, viens régner désormais;
Viens dans mon cœur, abreuvé de regrets,
Du dieu d'amour éteindre la puissance :
Car de ce dieu le prestige enchanteur
N'est pas toujours la source du bonheur.

M. Auguste Moufle.

L'OREILLE.

Air de madame Favart.

Que l'on chante un bras amoureux,
Ou de jolis cheveux;
Qu'on chante, en des vers langoureux
Une bouche vermeille!
Qu'on chante de beaux yeux...
Je vais chanter *l'oreille*.

Cette chanson vous ennuira,
Puis vous endormira...
Aucun de vous n'y trouvera
Un couplet qui réveille;
Et, malgré tout cela,
Daignez *prêter l'oreille*.

L'oreille est le chemin du cœur
Près d'un sexe enchanteur;
Et quel chemin prend le flatteur
Qui près du riche veille?

Pour gagner sa faveur...
Le chemin de l'oreille !

De femme captiver l'accueil
N'est jamais sans écueil;
De sa porte gardons le seuil,
Et contons-lui merveille !
Pour lui donner dans l'œil,
Captivons son oreille.

A-t-on besoin d'un usurier ?
On sait bien le prier ;
Quand on profite du métier,
Lors, tout est à merveille ;
Mais quand il faut payer...
On fait la sourde oreille !

Jeune prude au minois trompeur,
A l'air plein de pudeur,
Pour les galans feint la rigueur ;
De partir leur conseille,
Et pour donner son cœur,
Se fait tirer l'oreille !

Fille soupire chaque jour,
Et rêve tour-à-tour ;

Quand de la nuit vient le retour,
Certain desir l'éveille...
Aux fillettes l'amour
Met la puce à l'oreille!

Occupé d'un morceau friand,
A table, un vrai gourmand,
Et du coin de l'œil observant
Une aimable bouteille,
Ne met pas en mangeant,
Un morceau dans l'oreille!

Voici la fin de ma chanson;
Je demande pardon
D'avoir, par un facheux dicton,
Des rimes sans pareilles,
Et, par plus d'un faux ton,
Ecorché vos oreilles!...

TOUJOURS.

ROMANCE.

AIR : *Je t'aimerai, je chérirai mes chaînes.*

A peine exempt des froideurs de l'enfance,
Je soupirai d'infidèles amours :
Mais aujourd'hui ma devise est CONSTANCE :
J'aime Délie, et l'aimerai toujours.

Sur nos coteaux, quand l'aube matinale
Vient éclairer nos paisibles amours,
Et quand du jour s'avance la rivale,
Mon cœur redit : Je l'aimerai toujours.

J'ai vu Laura : dans ses yeux étincelle
Tout le désir, tout le feu des amours ;
Et j'ai chanté sur ma lyre fidèle :
J'aime Délie, et l'aimerai toujours.

Reçois mes vœux, toi que mon cœur adore ;
Oui.... tu seras mes dernières amours ;
Viens.... sur ton sein que je répète encore :
J'aime Délie, et l'aimerai toujours.

M. P. HÉDOUIN.

LES VAINS PROJETS.

ROMANCE.

JE veux renoncer à l'amour,
Disait sous un épais feuillage,
Un noble et vaillant troubadour,
Encor à la fleur de son âge;
Je veux renoncer à l'amour.

Je veux renoncer à l'amour;
Ce dieu m'a causé trop de peines;
N'ai soupiré jusqu'à ce jour
Que pour des beautés inhumaines;
Je veux renoncer à l'amour.

Je veux renoncer à l'amour.
Reviens, paisible indifférence,
Reviens, et d'un cœur sans détour
Termine l'affreuse souffrance!....
Je veux renoncer à l'amour.

Ne renonce pas à l'amour,
Dit en l'embrassant une belle,
Et dans ce fortuné séjour
Partage mon ardeur fidelle;
Ne renonce pas à l'amour.

Peut-on renoncer à l'amour;
Quand on a brûlé de sa flamme,
Et surtout quand tendre retour
Est offert par aimable dame?....
Peut-on renoncer à l'amour!

— Sens que dois céder à l'amour,
Et je lui consacre ma vie,
Reprend le gentil troubadour,
En tombant aux pieds de sa mie;
Sens que dois céder à l'amour.

Je te jure éternel amour,
O généreuse jouvencelle!
— Bon Rondel, reçois à ton tour
Le serment de ton Isabelle:
Je te jure éternel amour.

M. Joseph Dourille, (de Crest)

LE SANS-SOUCI.

AIR : *Nous n'avons qu'un tems à vivre.*

Sans désir et sans envie,
Chers amis, coulons le tems ;
Jusqu'aux bornes de la vie,
Soyons toujours heureux, contens.

Peu m'importe que du Pactole,
On entasse les trésors ;
Quand je vois ma dernière obole,
Je fais la nique aux Mondors.
Sans désir, etc.

Irai-je aussi passer mes veilles,
A des calculs trop abstraits,
Je sais mieux compter mes bouteilles,
Quand je les vide à longs traits.
Sans desir, etc.

Jamais le trouble ni la gêne
N'ont altéré ma gaîté ;

Je suis le torrent qui m'entraîne
Au sein de la volupté.
Sans désir, etc.

Je veux, si la triste veillesse
Vient assiéger mes beaux jours,
L'attendre dans la douce ivresse
De Bacchus et des amours.
Sans désir, etc.

Puisque les destins homicides
Ont marqué nos tristes sorts;
Pour amortir leurs coups perfides,
Chantons même aux sombres bords.

Sans désir et sans envie,
Chers amis, coulons le tems;
Jusqu'aux bornes de la vie,
Soyons toujours heureux, contens.

CE QUI GRISE ET DÉGRISE.

VAUDEVILLE.

AIR *du vaudeville de la Vallée de Barcelonnette.*

De Bordeaux, Champagne ou Màcon,
Bref, d'un vin que l'on prise,
Avons-nous vidé maint flacon,
Voilà ce qui nous grise. (*bis.*)
Mais pour dissiper du tonneau
Le délire qui nous maîtrise,
Recourt-on, fontaine, à ton eau,
C'est ce qui nous dégrise. (*bis.*)

Quand une voisine aux yeux doux,
D'un regard autorise
Nos œillades, nos billets doux,
Voilà ce qui nous grise.
Nous croyons retrouver Ninon
Dans celle qui nous favorise,
Et nous voyons Nina-Vernon,
C'est ce qui nous dégrise.

Dans un cercle lisons nos vers,
La troupe bien apprise
Loûra tout, à tort à travers,
Voilà ce qui nous grise.
Se riant de ces vains bravos,
Le public qui les pulvérise,
Siffle le fruit de nos travaux;
C'est ce qui nous dégrise.

Des plaisirs de toutes façons
Dont notre âme est éprise,
Sans crainte, amis, nous jouissons,
Voilà ce qui nous grise, (*bis.*)
Continuons ainsi toujours,
Le tems, devant qui tout se brise,
Tranchera le fil de nos jours.
C'est ce qui nous dégrise. (*bis.*)

LA GOUTTE.

AIR : *On doit soixante mille francs.*

QUAND une fille de quinze ans,
Me dit : dans le bois je t'attends ;
Ah ! je n'ai pas la goutte. (*bis*)
Au cabaret, si mes amis
Me disent : viens, je les y suis,
Car je bois bien la goutte. (*bis.*)

Lise chantait hier au soir
Sur l'air : à minuit viens me voir,
Je n'avais pas la goutte.
Nous fîmes un petit repas,
Où le bon vin ne manquait pas,
Nous bûmes bien la goutte.

Le repas fait, dans un bon lit,
Je lui prouve, comme l'on dit,
Que je n'ai pas la goutte,
Mais, friande du mets nouveau,

Lise retournait au morceau,
Car elle aime la goutte.

Six postes, en bon cavalier,
Je courus à franc-étrier,
Je n'avais pas la goutte;
Mais, à la septième arrêté,
Dans la route je suis resté,
Pour attendre la goutte.

Lise aussitôt, d'un coup de main,
M'a remis dans le bon chemin,
Lise n'a pas la goutte;
Auprès d'elle un amant douillet,
Ne fût-il que buveur de lait,
Huit fois verse la goutte.

Après huit fois que dire enfin?
J'en conviens sans faire le fin,
Je lui dis: j'ai la goutte.
Vite elle tire le cordon:
Servez du Madère et du bon!
Allons! prenons la goutte.

L'effet de ce remède est vif,
Pégase ne fut plus rétif,

Je n'avais plus la goutte.
Je complétai le nombre neuf,
Comme mon gosier toujours neuf,
Saurait flûter la goutte.

Plaisir d'amour lasse à la fin,
Il faut finir par ce refrain,
Je suis pris par la goutte. (*bis*)
Au cabaret sans se lasser,
On peut toujours recommencer,
Allons prendre la goutte. (*bis.*)

A Mlle LOUISE,

Qui me demandait un seul couplet,

AIR: *Sur la verdure.*

BELLE Louise,
Quoi, sur cet air un seul couplet!
Que voulez-vous donc que je dise?
Bienheureux l'amant qui vous plaît,
Belle Louise. (*bis.*)

LA BONNE FEMME.

AIR : *Avec vous sous le même toît.*

Damis courtisait Elisa,
Jeune fille aimable et jolie ;
Un jour enfin il l'épousa :
C'était sa première folie.
Epoux de celle qu'il aimait,
Il se félicitait dans l'âme
De posséder ce qu'il nommait
Une bonne petite femme.

Damis était riche, et bientôt
Aux spectacles on eut des loges :
L'époux paya sans dire mot,
Aussi fut-il comblé d'éloges.
Tous les jours en nouveaux bijoux
Qui brillaient à son front, madame
Ruinait son facile époux :
Oh ! la bonne petite femme !

C'était bien assez ; mais déjà
Devenue altière et revêche,

La dame, en maîtresse, exige
Et les chevaux et la calèche.
Il fallut céder, et Damis,
Enrageant au fond de son âme,
S'écriait, sottement soumis :
Oh! la bonne petite femme!

De l'Opéra le bal brillant
A madame offre mille charmes ;
Elle y vole, et plus d'un galant
A ses pieds vient rendre les armes.
On feint de rejetter bien loin
Les aveux d'amoureuse flamme ;
Et l'époux dit, seul dans un coin :
Oh! la bonne petite femme!

Finalement, le cher mari
Vit disparaître sa fortune ;
Il fut, grâce à l'objet chéri,
Ruiné sans ressource aucune :
Et, pour qu'il ne lui manquât rien,
Sans nul souci, la belle dame
Le fit..... ce que vous savez bien.....
Oh! la bonne petite femme!

M. Auguste Moufle.

AUX SOLDATS FRANÇAIS.

AIR : *Ce magistrat irréprochable.*

FRANÇAIS, chéris de la victoire,
Généreux et braves soldats,
Amans favoris de la gloire,
Vous bravez périls et combats; (*bis.*)
Oui, tous les peuples de la terre
Reconnaissent votre valeur,
A l'ennemi faisant la guerre,
Ce n'est toujours qu'avec honneur. (*bis.*)

On voulait vous rendre coupables,
Mais vous ne le fûtes jamais;
Par des hauts faits trop mémorables,
Nous vous reconnaissons Français.
Victimes de la perfidie
Des ambitieux, des tyrans,
Vous êtes chers à la patrie,
Et serez toujours ses enfans.

FIN.

CALENDRIER

POUR L'AN 1820.

JANVIER.

☾ D.Q.8 | ☽ P.Q.22
● N.L.15. | ○ P.L.30

1	same	CIRCONC
2	D.	s. Basile.
3	lundi	*ste Genev.*
4	mard	s. Rigobert
5	merc	s. Siméon
6	jeudi	ÉPIPHANIE.
7	vend.	s. Theau.
8	same	s. Lucien.
9	D. 1	s. Furcy, ab.
10	lundi	s. Paul.
11	mard	s. Théodose
12	merc	s. Fréjus.
13	jeudi	Bap. N. S.
14	vend.	s. Hilaire.
15	same	s. Maur, ab.
16	D. 2	s. Guillaumé.
17	lundi	s Antoine
18	mard	s Fabien.
19	merc	s. Sulpice
20	jeudi	s. Sébastien.
21	vend.	ste Agnès,
22	same	s Vincent.
23	D. 3	s. Ildefonse.
24	lundi	s. Babilas.
25	mard	Conv. s. P.
26	merc	s. Polycarpe
27	jeudi	s. Julien.
28	vend.	s. Léonid.
29	same	s. Charlem.
30	D.	*Septuag.*
31	lundi	s. Pierre n.

FÉVRIER.

☾ D.Q.7 | ☽ P.Q.20
● N.L.14. ○ P.L.29.

1	mard	s. Ignace.
2	merc	PURIFICAT.
3	jeudi	s. Blaise.
4	vend.	s. Philéas.
5	same	ste. Agathe.
6	D.	*Sexagésim*
7	lundi	s. Romuald
8	mard	s Jean de M.
9	merc	ste Appoline
10	jeudi	se Scholast.
11	vend.	s. Séverin.
12	same	ste Eulalie
13	D.	*Quinquagé*
14	lundi	s. Valentin.
15	mard	s. Faustin.
16	merc	*Cendres*
17	jeudi	se Marianne
18	vend.	Les 5 plaies
19	same	s. Barbat.
20	D. 1	*Quadrag.*
21	lundi	s. Pepin
22	mard	ste Isabelle.
23	merc	s. Dam. 4 T.
24	jeudi	s. Prétex. v j
25	vend.	s. Mathias.
26	same	s. Avertin
27	D. 2	*Reminiscer.*
28	lundi	ste Honorin
29	mard	s. Romain

ECLIPSES.

Le 14 Mars, éclipse de Soleil invisible à Paris. Commencement à 11 h. 16 m. du mat. Conjonction à 1 h. 30 min. du soir. Fin à 3 h. 38 m. du soir.

Le 29 Mars, éclipse partielle de Lune visible en partie à Paris. Commencement à 5 h. 26 m. du s. Conjonct. à 6 h. 55 m. Fin à 8 h. 8 m.

Le 7 Septembre, éclipse de Soleil visible à Paris. Commencement à 0 h. 47 m. du soir. Conjonct. à 2 h. 7 min. Fin à 3 h. 35 min.

Le 22 Septembre, éclipse partielle de Lune en partie visible à Paris. Commencement à 5 h. 23 min. du matin. Conjonction à 6 h. 57 min. Fin à 8 h. 20 min.

FÊTES MOBILES.

Septuagés. 30 Janvier.	Pentecôte. 21 Mai.
Cendres, 16 Février.	Trinité, 28 Mai.
Pâques, le 2 Avril.	Fête-Dieu, 1 Juin.
Rogations, 8 Mai.	Premier Dimanche de l'Avent, 3 Décemb.
Ascension, le 11 Mai.	

COMPUT ECCLESIASTIQUE.

Nombre d'or . . . 16	Epacte. XV
Cycle solaire. . . 9	Indiction Rom. . 8
Lettre dominicale. BA	

SAISONS.

Le Printems, 20 Mars.	L'Automne, 22 Sept.
L'Eté, 21 Juin.	L'Hiver, 21 Décemb.

QUATRE-TEMS.

Les 23, 25, 26 Février.	Les 20, 22, 23 Sept.
Les 24, 26, 27 Mai.	Les 20, 22, 23 Décemb.

JANVIER.

☾ D.Q. 8 | ☽ P.Q. 22

● N.L. 15. | ○ P.L. 30

1	same	CIRCONC
2	D.	s. Basile.
3	lundi	*ste Genev.*
4	mard	s. Rigobert
5	merc	s. Siméon
6	jeudi	ÉPIPHANIE.
7	vend.	s. Theau.
8	same	s. Lucien.
9	D. 1	s. Furcy, ab.
10	lundi	s. Paul.
11	mard	s. Théodose
12	merc	s. Fréjus.
13	jeudi	Bap. N.S.
14	vend.	s. Hilaire.
15	same	s. Maur, ab.
16	D. 2	s. Guillau, é.
17	lundi	s. Antoine
18	mard	s. Fabien.
19	merc	s. Sulpice
20	jeudi	s. Sébastien.
21	vend.	ste Agnès,
22	same	s. Vincent.
23	D. 3	s. Ildefonse.
24	lundi	s. Babilas.
25	mard	Conv. s. P.
26	merc	s. Polycarpe
27	jeudi	s. Julien.
28	vend.	s. Léonid.
29	same	s. Charlem.
30	D.	*Septuag.*
31	lundi	s. Pierre n.

FÉVRIER.

☾ D.Q. 7 | ☽ P.Q. 20

● N.L. 14. ○ P.L. 29.

1	mard	s. Ignace.
2	merc	PURIFICAT.
3	jeudi	s. Blaise.
4	vend.	s. Philéas.
5	same	ste Agathe.
6	D.	*Sexagésim*
7	lundi	s. Romuald
8	mard	s Jean de M.
9	merc	ste Appoline
10	jeudi	se Scholast.
11	vend.	s. Séverin.
12	same	ste Eulalie
13	D.	*Quinquagé*
14	lundi	s. Valentin.
15	mard	s. Faustin.
16	merc	*Cendres*
17	jeudi	se Marianne
18	vend.	Les 5 plaies
19	same	s. Barbat.
20	D. 1	*Quadrag.*
21	lundi	s. Pepin
22	mard	ste Is bel'e.
23	merc	s. Dam. 4 T.
24	jeudi	s. Prétex. *v j*
25	vend.	s. Mathias.
26	same	s. Avertin
27	D. 2	*Reminiscer.*
28	lundi	ste Honorin
29	mard	s. Romain

MARS.			AVRIL.		
☾ D.Q.7		☽ P.Q. 21	☾ D.Q.6		☽ P.Q. 20
● N.L. 14		○ P. L. 29	● N.L. 12		○ P.L. 28
1	merc	s. Aubin.	1	same	s. Hugues
2	jeudi	s. Simplice	2	D.	PASQUE.
3	vend.	ste Cunégond	3	lundi	s. Richard
4	same	s. Casimir, R.	4	mard	s. Ambroise
5	D. 3	*Oculi*	5	merc	s. Vincent
6	lundi	ste Colette	6	jeudi	s. Guillau.
7	mard	s. Thom. d'A	7	vend.	s. Hégésipe
8	merc	s. Ponce.	8	same	s. Denis, E.
9	jeudi	ste François	9	D. 1	*Quasimod.*
10	vend.	s. Droctové.	10	lundi	s. Macaire
11	same	40 Martyrs.	11	mard	s. Léon, pap.
12	D. 4	*Lætare.*	12	merc	s. Jules, p.
13	lundi	ste Euphras	13	jeudi	s. Marcellin
14	mard	s. Lubin	14	vend.	s. Tiburce.
15	merc	s. Longin.	15	same	s. Paterne, E.
16	jeudi	s. Abraham	16	D. 2	s. Fructue
17	vend.	ste Gertrude	17	lundi	s. Rodolf.
18	same	s. Alexandre	18	mard	s. Jubin
19	D. 5	*La Passio.*	19	merc	s. Elphege
20	lundi	s. Joachim.	20	jeudi	s. Hildeg.
21	mard	s. Benoît	21	vend.	s. Anselme.
22	merc	s. Basile.	22	same	ste Opport.
23	jeudi	s. Eusèbe	23	D. 3	s. Georg.
24	vend.	La Compas.	24	lundi	ste Beuve
25	same	*Annonc.*	25	mard	s. Marc, év.
26	D. 6	*Rameaux*	26	merc	s. Clet, Pap.
27	lundi	s. Rupert.	27	jeudi	s. Polycarp.
28	mard	s. Gontrand	28	vend.	s. Vital.
29	merc	s. Eustase	29	same	s. Robert.
30	jeudi	s. Rieule, év	30	D. 4	s. Eutrope.
31	vend.	*Vend. S.*			

MAI.

☾ D.Q.5 | ☽ P.Q.20
● N.L. 12 | ○ P.L.27.

1	lundi	s. J. s.Philip.
2	mard	s. Athanase
3	merc	Inv. ste. Cr.
4	jeudi	ste Monique
5	vend.	C.-s. Aug.
6	same	s.Jean, p. l.
7	D. 5	s. Auguste.
8	lundi	*Rogations.*
9	mard	s. Grég.de N
10	merc	s Gordien
11	jeudi	ASCENS.
12	vend.	s. Epiph.
13	same	s.Servais.
14	D. 6	s. Pacôme.
15	lundi	s. Isidore.
16	mard	s. Honoré
17	merc	s Montain
18	jeudi	s. Félix.
19	vend.	s. Yves.
20	same	s Luci. *v.j*
21	D.	PENTEC.
22	lundi	ste Julie.
23	mard	s. Didier.
24	merc	s. Donat. 4 t.
25	jeudi	s. Urbain.
26	vend.	s.Phil. de N.
27	same	s. Ferdinand
28	D. 1	*la Trinité.*
29	lundi	s. Maximin
30	mard	ste. Emilie
31	merc	ste Pétron.

JUIN.

☾ D.Q.3 | ☽ P.Q.18.
● N.L.10 | ○ P. L.26

1	jeudi	FÊTE-DIEU
2	vend.	s. Pothin.
3	same	ste.Clotilde
4	D. 2	s. Optat.
5	lundi	s. Boniface
6	mard	s. Claude
7	merc	s. Lié.
8	jeudi	s. Méd. *Oct.*
9	vend.	s. Prime.
10	same	s. Landry
11	D. 3	s. Barnabé
12	lundi	s. Basilide
13	mard	s. Antoine.
14	merc	s. Rufin.
15	jeudi	s. Guy.
16	vend.	s. Ferreole.
17	same	s Avit, abbé
18	D. 4	se Marine
19	lundi	s.Gerv.s.Pr.
20	mard	s. Silvère.
21	merc	s.Leufroi.
22	jeudi	s. Paulin.
23	vend.	*Vigile-jeûn*
24	same	s. Jean-Bap.
25	D. 5	s.Prosper
26	lundi	s. Babolein.
27	mard	s. Crescent
28	merc	*Vigile-jeû.*
29	jeudi	s. Pier. s. P.
30	vend.	Com. s.P.

JUILLET.			AOUT.		
D.Q.2.		P.Q.18	D.Q.1.		P Q. 17.
N.L.10		P.L. 25	N.L.8		p l23.dq30
1	same	s. Martial.	1	mard	s. Pier.-ès-l.
2	D. 6	Visitation.	2	merc	s. Etienne
3	lundi	s. Anatole	3	jeudi	Inv. s. Etien.
4	mard	Tr s. Martin	4	vend.	S. ste Croix
5	merc	s. Valère.	5	same	s. Yon, mar.
6	jeudi	s Tranquill.	6	D. 11	Trans. N.S.
7	vend.	ste Aubie.	7	lundi	s. Gaëtan
8	same	s. Aquilas.	8	mard	s. Justin.
9	D. 7	s. Héracle	9	merc	s Amour
10	lundi	ste. Félicité.	10	jeudi	s. Laurent.
11	mard	Tran. s. Ben.	11	vend.	Sus. ste. Co.
12	merc	s. Gualbert.	12	same	ste Claire.
13	jeudi	s. Turiaf.	13	D. 12	s. Hyppolite
14	vend.	s. Bonavent.	14	lundi	s. Euséb. v. j.
15	same	s Henri, Em.	15	mard	ASSOMPT
16	D. 8	N. d. m. c.	16	merc	s. Roch.
17	lundi	s. Alexis.	17	jeudi	s. Mamès.
18	mard	s. Clair, é	18	vend.	ste Hélène.
19	merc	s. Vincent.	19	same	s. Louis,
20	jeudi	ste Marguer.	20	D. 13	s. Bernardin
21	vend.	s. Victor.	21	lundi	s. Privat.
22	same	ste Magdelei	22	mard	s. Simphor.
23	D. 9	s. Appollina	23	merc	s. Timothé.
24	lundi	ste Christin.	24	jeudi	s. Barthele.
25	mard	s J. s. Christ.	25	vend	s. LOUIS.
26	merc	Tr s. Marcel	26	same	s. Zéphirin.
27	jeudi	s. George.	27	D. 14	s. Césaire
28	vend.	st Anne.	28	lundi	s. Augustin.
29	same	s. Loup	29	mard	s Médéric
30	D. 10	s. Abdon.	30	merc	s. Fiacre.
31	lundi	s Germain	31	jeudi	s. Ovide

SEPTEMBRE.

N.L. 7 | P.L. 22.
P.Q. 15 | D.Q. 29.

1	vend.	s. Leu, s. G.
2	same	s. Lazare.
3	D. 15	s. Grégoire.
4	lundi	ste Rosalie.
5	mard	s. Bertin.
6	merc	s. Onézipphe
7	jeudi	s. Cloud.
8	vend.	NAT. N.D.
9	same	s. Omer.
10	D. 16	s. Nic. Tol.
11	lundi	s. Patient
12	mard	s. Serdot.
13	merc	s. Maurille
14	jeudi	Ex. S. Croix
15	vend.	s. Nicomèd
16	same	se Euphém.
17	D. 17	s. Lambert
18	lundi	s. J. Chrisos
19	mard	s. Janvier
20	merc	s. Eustach. 4*t*
21	jeudi	s Mathieu
22	vend.	s. Maurice
23	same	ste Thècle.
24	D. 18	s. Andoche.
25	lundi	s. Firmin.
26	mard	ste Justine
27	merc	s. Côme, s. D.
28	jeudi	s. Céran
29	vend.	s. Michel.
30	same	s. Jérôme

OCTOBRE.

N.L. 7. | P.L. 21
P.Q. 15. | D.Q. 28

1	D. 19	s. Remy, Ev.
2	lundi	ss. Anges.
3	mard	s. Denis, A.
4	merc	s. Fr. d'Ass.
5	jeudi	ste Aure, v.
6	vend.	s. Bruno.
7	same	s. Serge.
8	D. 20	s. Démètre.
9	lundi	s *Denis*, év.
10	mard	s. Géréon
11	merc	s. Nicaise.
12	jeudi	s. Vilfride.
13	vend.	s. Géraud
14	same	s. Caliste.
15	D. 21	ste Thérèse.
16	lundi	s. Gal, abbé.
17	mard	s Cerbonney
18	merc	s. Luc, év.
19	jeudi	s. Savinien
20	vend.	s. Sendon.
21	same	ste Ursule.
22	D. 22	s. Mellon.
23	lundi	s. Hilarion.
24	mard	s. Magloire.
25	merc	s Crép. s. Cré
26	jeudi	s. Rustique.
27	vend.	s. Frumence
28	same	s. Sim. s. Jud.
29	D. 23	s. Faron.
30	lundi	s. Lucain.
31	mard	s. Quent. *V. j*

NOVEMBRE.		
N.L.6.	P.L.20	
P.Q.13	D.Q.27	
1	merc	TOUSS.
2	jeudi	*les Morts*
3	vend.	s. Marcel, E.
4	same	s. Charles
5	D.24	s. Bertille
6	lundi	s. Léonard
7	mard	s. Willebrod
8	merc	stes Reliques
9	jeudi	s. Mathurin
10	vend.	s. Léon, pap.
11	same	s. Martin, év.
12	D.25	s. Réné.
13	lundi	s. Brice.
14	mard	s. Maclou.
15	merc	s. Eugène
16	jeudi	s. Edme.
17	vend.	s. Agnan.
18	same	s. Mandé.
19	D.26	ste Elisab
20	lundi	s. Edmond
21	mard	Présentat
22	merc	ste Cécile.
23	jeudi	s Clement
24	vend.	s. Severin
25	same	ste Catherin.
26	D.27	ste Genev.
27	lundi	s. Achair
28	mard	s. Sosthène
29	merc	s. Saturnin
30	jeudi	s. André.

DÉCEMBRE.		
N.L.5.	P.L.19.	
P.Q.12	D.Q.27.	
1	vend.	s. Eloi.
2	same	s. Fr. Xavier
3	D. 1	*L'Avent.*
4	lundi	s. Barbe.
5	mard	s. Sabas.
6	merc	s. Nicolas.
7	jeudi	ste Fare.
8	vend	*Concept.*
9	same	ste Gorgon.
10	D 2	ste Valère.
11	lundi	s. Fuscien.
12	mard	s. Damase
13	merc	ste Luce, M.
14	jeudi	s. Nicaise
15	vend.	s. Maximin
16	same	se Adelaïde.
17	D. 3	ste Olympi.
18	lundi	s Gatien.
19	mard	se Meuris.
20	merc	s. Philog *4 T*
21	jeudi	s. Thomas.
22	vend.	s. Ischyrion.
23	same	vigile-jeune
24	D. 4	s. Daufin
25	lundi	NOEL.
26	mard	*s. Etien.*
27	merc	*s. Jean, év*
28	jeudi	ss. Innocens.
29	vend.	s. Thom. C.
30	same.	s. Sabin.
31	D.	s. Sylvest

ZONTRE LE MAL
EOEUR.

ıvaverte qu'on nous
ıer.

giligé à de fréquens
i ıs à Calais, trés-su-
ıs erchant quelquefois
icoits éxclusifs de la
ollont la surveillance
'e s'avisa un jour de
nemise, environ une
ə : envie de bénéficier
ınt; mais ce qui le
ment, c'est qu'il n'é-
ncommodité, quoique
ɔlaleuse. Il attribua ce
ı r anti-spasmodique
ıiñvella plusieurs feis
luııt constamment le
ıtres personnes l'ont
d bien trouvées.

---

*ıwpropriété du Quin-
ıwna.*

ıı remédes, les secrets
ə:s productions de la
v.ıvertes par le hazard.
ıε connut la propriété

J des branches de cet
ıang où elles pouris-

petite verole est le résu
raison que les med·cins
etat, etat d'incubation; i
saire à la production de
l'incubation d'un œuf à l
l'oiseau.

Si cet état d'incubatic
verole existe depuis qu.
maladie aura lieu d'une
lible. soit que l'on vacc
ne vaccine pas.

Si au contraire, lorsq
cet état n'est point com
ne le soit que depuis tr
il ne commence pas, ou
second cas, il est éteint
pement de la vaccine; s
rait quelquefois la pet
tre dix jours aprés l'inse
cine, lorsque le bouton
parfaitement formé, e
d'exemple.

On doit donc conclu
sence d'une epidemie d
est un motif de plus po
pratiquer la vaccinatio
fonde a esperer qu'au n
lités sans nombre qui
effet, l'epidémie variolic
tement eteinte.

degrés, sont couverts
t six mois de l'année,
'extraire le sucre, pour-
tre pratiquee. Les vents
ment vifs, et ils souf-
nent du nord. L'air sec
gne dans ces pays froids
hiver, évapore les par-
es glaçons de lait, et il
le sucre sous la forme
ı d'une farine.

du gouvernement ıı
du lac Dazkal et dub
suivie la méthodesh
crire, pour convaeo
tité de lait en suıııı
hivers qui régnenıı
Cette méthode.sl
consiste à exposer
des vases ou chauı
qu'il est parfait
sa masse, on chaı

www.ingramcontent.com/pod-product-compliance
Ingram Content Group UK Ltd.
Pitfield, Milton Keynes, MK11 3LW, UK
UKHW012242240726
13966UKWH00003B/1243

9 782011 911650